やる気が出る外郎売 CDブック

口演 玉川 太福（浪曲師）　解説 長田 衛（演芸研究家）

自由国民社

故飯田豊一先生に捧ぐ

はじめに

みなさんは、**外郎売**《ういろううり》をご存じですか。

外郎売とは、享保《きょうほう》三年（一七一八年）正月、江戸森田座《もりたざ》の『若緑勢曾我《わかみどりいきおいそが》』で二代目市川團《いちかわだん》十郎《じゅうろう》によって初演された、「歌舞伎十八番《かぶきじゅうはちばん》」の一つです。

現在は、十二代目市川團十郎が復活させたもの（野口達二脚本）が上演されています。

今日では「外郎売」といえば、その劇中に出てくる外郎売の長科白《ながぜりふ》を指すことが多く、日本では俳優や声優などの養成所、アナウンサーの研修等で暗唱、発声練習や滑舌《かつぜつ》の練習によく使われています。

❖元気で楽しい！「外郎売」の魅力

外郎売は、「ういろう」という薬を街頭で売り込むための口上、セールストークです。

そのため早口言葉や言葉遊びなどで、通行人の気を惹《ひ》き、楽しませながら「ういろう」がいかに素晴らしい薬であるかをアピールします。

リズミカルでユーモラスな文章であると同時に、商売の目的もしっかりと入っている、生き生きとした奥行《おくゆき》の深い日本語の世界です。

この「外郎売」を読み、聞き、自分でも口にしてみることで、豊かな日本語を楽しみながら、心も元気で前向きになれるのではないか、との思いから、この本は生まれました。

お楽しみいただければ幸いです。

❖付録CD「外郎売」について

本書の付録CDには、平成二十四年（二〇一二年）より日本浪曲協会の理事を務める浪曲師、玉川太福《たまがわだいふく》（写真）による「外郎売」朗読（六分十六秒）を収録しています。

❖テキストについて

『外郎売』は、文献資料によってさまざまなバリエーションがあります。
この本に掲載したテキストは左記のものを参考にしました。

野口達二改訂の『歌舞伎十八番の内　外郎売』
小田原ういろう売り本舗
『花江都《はなのえど》歌舞伎年代記 上巻』談洲楼立川焉馬・著
『市川團十郎研究文献集成』中山幹雄／編著（高文堂出版社）
『評釈江戸文学叢書　歌舞伎名作集・下』河竹繁俊（講談社）

目次

外郎売《ういろううり》を読んでみよう！

外郎売《ういろううり》 全文

拙者親方《せっしゃおやかた》と申《もう》すは、お立《た》ち合《あ》いのうちに、ご存《ぞん》じのおかたもございましょうが、お江戸《えど》を発《た》って二十里上方《にじゅうりかみがた》、相州小田原一《そうしゅうおだわらいっ》色町《しきまち》をお過《す》ぎなされて、青物町《あおものちょう》をのぼりへおいでなさるれば、欄干橋虎屋藤右衛門《らんかんばしとらやとうえもん》、只今《ただいま》にては剃髪《ていはつ》いたして、圓齋《えんさい》と名乗《なの》りまする。

元朝《がんちょう》より大晦日《おおつごもり》まで、お手《て》に入《い》れまするこの薬《くすり》は、昔《むかし》、陳《ちん》の国《くに》の唐人《とうじん》、外郎《ういろう》といえる人《ひと》、我《わ》が朝《ちょう》へ来《き》たり、帝《みかど》へ参内《さんだい》の折《おり》から、この薬《くすり》を深《ふか》く籠《こ》めおき、用《もち》ゆる時《とき》は一粒《ひとつぶ》ずつ、冠《かぶり》の透《す》き間《ま》より取《と》り出《い》だす。

よってその名《な》を帝《みかど》より透頂香《とうちんこう》と賜《たまわ》る。すなわち文字《もんじ》には、頂《いただ》く、透《す》く、香《におい》と書《か》いて、とうちんこうと申《もう》す。只今《ただいま》はこの薬《くすり》、ことのほか世上《せじょう》に広《ひろ》まり、方々《ほうぼう》に似《に》せ看板《かんばん》を出《い》だし、いや小田原《おだわら》の、灰俵《はいだわら》の、さん俵《だわら》の、炭《すみ》俵《だわら》のといろいろに申《もう》せども、平仮名《ひらがな》をもって、ういろうと記《しる》せしは親方《おやかた》、圓齋《えんさい》ばかり。

もしや、お立《た》ち合《あ》いのうちに、熱海《あたみ》か塔《とう》の沢《さわ》へ湯治《とうじ》にお出《い》でなさるか、または伊《い》勢《せ》ご参宮《さんぐう》の折《おり》からは、必《かなら》ず門違《かどちが》いなされまするな。お上《のぼ》りならば右《みぎ》のかた、お下《くだ》りなれば左側《ひだりがわ》、八方《はっぽう》が八棟《やつむね》、表《おもて》が三棟玉堂造《みつむねぎょくどうづく》り、破風《はふ》には菊《きく》に桐《きり》の臺《とう》の御紋《ごもん》を御赦免《ごしゃめん》あって、系図正《けいずただ》しき薬《くすり》でございます。

いや最前《さいぜん》より家名《かめい》の自慢《じまん》ばかり申《もう》して
も、ご存《ぞん》じないかたには、正身《しょうじん》の胡椒《こしょう》の丸《まる》
呑《の》み、白河夜船《しらかわよふね》。さらば一粒《いちりゅう》食べかけて、
その気味合《きみあ》いをお目《め》にかけましょう。
まず、この薬《くすり》をかように一粒《ひとつぶ》を舌《した》の上《うえ》に
のせまして、こう腹内《ふくない》におさめますれば、
いやどうもいえぬわ、胃肝肺肝《いかんはいかん》が健《すこ》やかに

なりて、薫風《くんぷう》、咽頭《のんど》より来《き》たり、口中《こうちゅう》、微《び》涼《りょう》を生《しょう》ずるが如《ごと》し。魚鳥《ぎょちょう》、木《き》の子《こ》、麺類《めんるい》の食《く》い合《あ》わせ、その他《た》、万病《まんびょう》に速効《そっこう》あること神《かみ》の如《ごと》しでござります。

さて、この薬《くすり》、まず第一《だいいち》の奇妙《きみょう》には舌《した》の回《まわ》るは、銭独楽《ぜにごま》さえも裸足《はだし》にて逃《に》げるばかりの勢《いきお》いなり。

ひょろっと舌《した》が回《まわ》り出《だ》すと、矢《や》も盾《たて》もたまりませぬ。

そりゃそりゃそりゃそりゃ、まわってきた、まわってきた。あわや咽頭《のど》、さたらな舌《した》にカゲサ歯音《しおん》、ハマの二《ふた》つは唇《くちびる》の軽重《きょうじょう》、開口爽《かいごうさわ》やかに、あかさたなはまやらわ、おこそとのほもよろを、一《いっ》ぺぎへぎに、へぎ干《ほ》しはじかみ、盆豆《ぼんまめ》、盆米《ぼんごめ》、盆《ぼん》ごぼう、摘《つ》み蓼《たで》、摘《つ》み豆《まめ》、摘《つ》み山椒《ざんしょう》、書写山《しょしゃざん》の写僧正《しゃそうじょう》、粉米《こごめ》の生噛《なまが》み、粉米《こごめ》の生噛《なまが》み、こん粉米《こごめ》のこ生《なま》噛《が》み、繻子《しゅす》、緋繻子《ひじゅす》、繻子《しゅす》、朱珍《しゅちん》、親《おや》も嘉《か》兵衛《へえ》、子《こ》も嘉兵衛《かへえ》、親嘉兵衛子《おやかへえこ》嘉兵衛《かへえ》、子《こ》嘉兵衛《かへえ》親嘉兵衛《おやかへえ》、ふる栗《ぐり》の木《き》の古切《ふるき》り口《ぐち》。

雨合羽《あまがっぱ》か番合羽《ばんがっぱ》か、貴様《きさま》の脚絆《きゃはん》も皮脚《かわぎゃ》絆《はん》、我《われ》らが脚絆《きゃはん》も皮脚絆《かわぎゃはん》、尻皮袴《しっかわばかま》のしっぽころびを三針《みはり》針長《はりなが》にちょと縫《ぬ》うて、縫《ぬ》うてちょとぶんだせ、河原撫子《かわらなでしこ》、野石竹《のぜきちく》。野良如来《のらにょらい》、野良如来《のらにょらい》、三野良如来《みのらにょらい》に六野《むの》良如来《らにょらい》。ちょっと先《さき》のお小仏《こぼとけ》に、お蹴躓《けつまず》きゃるな、細溝《ほそみぞ》に泥鰌《どじょ》にょろり。京《きょう》のなま鱈《だら》、奈良《なら》なま学鰹《まながつお》、ちょと四五貫目《しごかんめ》、お茶《ちゃ》立《た》ちょ、茶立《ちゃだ》ちょ、ちゃっと立《た》ちょ、茶立《ちゃだ》ちょ、青竹茶筅《あおだけちゃせん》で、お茶《ちゃ》ちゃっと立《た》ちゃ。

来《く》るわ来《く》るわ何《なに》が来《く》る、高野《こうや》のお山《やま》のおこけら小僧《こぞう》。狸百匹《たぬきひゃっぴき》、箸百膳《はしひゃくぜん》、天目百杯《てんもくひゃっぱい》、棒八百本《ぼうはっぴゃっぽん》。

武具《ぶぐ》、馬具《ばぐ》、武具《ぶぐ》、馬具《ばぐ》、三武具馬具《みぶぐばぐ》、

合《あ》わせて武具《ぶぐ》、馬具《ばぐ》、六武具馬具《むぶぐばぐ》。菊《きく》、栗《ぐり》、菊《きく》、栗《ぐり》、三菊栗《みきくぐり》、合《あ》わせて菊栗《きくぐり》、六菊栗《むきくぐり》。麦《むぎ》、ごみ、麦《むぎ》、ごみ、三麦《みむぎ》ごみ、合《あ》わせて麦《むぎ》、ごみ、六麦《むむぎ》ごみ。

あの長押《なげし》の長薙刀《ながなぎなた》は誰《た》が長薙刀《ながなぎなた》ぞ。向《む》こうの胡麻殻《ごまがら》は荏《え》の胡麻殻《ごまがら》か、真胡麻殻《まごまがら》か、あれぞほんとの真胡麻殻《まごまがら》。

がらぴい、がらぴい風車《かざぐるま》、おきゃがれ小《こ》法師《ぼうし》、おきゃがれ小法師《こぼうし》、ゆんべもこぼして、またこぼした。

たっぽたっぽ、ちりからちりから、つったっぽ、たっぽたっぽ一干蛸《いっひだこ》、落《お》ちたら煮《に》て食《く》うを、煮《に》ても焼《や》いても食《く》われぬものは、五徳《ごとく》、鉄弓《てっきゅう》、金熊童子《かなぐまどうじ》に石熊《いしぐま》、石持《いしもち》、茨《いばら》木童子《ぎどうじ》が腕栗五合《うでぐりごんごう》つかんでおむしゃる、かの頼光《らいこう》の膝元《ひざもと》去《さ》らず、鮒《ふな》、きんかん、椎茸《しいたけ》、定《さだ》めて後段《ごだん》な、そば切《き》り、そうめん、うどんか愚鈍《ぐどん》な小新発知《こしんぼち》。

小棚《こだな》の、こ下《した》の、小桶《こおけ》に、こ味噌《みそ》が、こあるぞ、小杓子《こじゃくし》、こ持《も》って、こすくって、こよこせ、おっと合点《がてん》だ、心得《こころえ》たんぼの川《かわ》崎《さき》、神奈川《かながわ》、程《ほど》ヶ《が》谷《や》、戸塚《とつか》は走《はし》って行《い》けば、灸《やいと》を摺《す》りむく、三里《さんり》ばかりか、藤沢《ふじさわ》、平塚《ひらつか》、大磯《おおいそ》がしや、小磯《こいそ》の宿《しゅく》を七《なな》つ起《お》きして、早天早々《そうてんそうそう》、相州《そうしゅう》小田原《おだわら》とうちんこう、隠《かく》れござらぬ、貴賤群衆《きせんぐんじゅう》の花《はな》のお江戸《えど》の花《はな》ういろう。

あれ、あの花《はな》を見《み》て、お心《こころ》をお和《やわ》らぎやあという、産子《うぶこ》、這子《はうこ》に至《いた》るまで、この外郎《ういろう》のご評判《ひょうばん》、ご存《ぞん》じないとは申《もう》されまいまいつぶり、角出《つのだ》せ、棒出《ぼうだ》せ、ぼうぼう眉《まゆ》に、臼杵《うすぎね》、擂《す》り鉢《ばち》、ばちばち、がらがらがらと、羽目《はめ》を外《はず》して、今日《こんにち》お出《い》でのいずれも様《さま》に、上《あ》げねばならぬ、売《う》らねばならぬと、息《いき》せき引《ひ》っ張《ぱ》り、東方世界《とうほうせかい》の薬《くすり》の元締《もとじ》め、薬師如来《やくしにょらい》も照覧《しょうらん》あれと、ほほ敬《うやま》って、外郎《ういろう》は要《い》らしゃりませぬか。

おわり

外郎売《ういろううり》 解説

拙者親方《せっしゃおやかた》と申《もう》すは、お立《た》ち合《あ》いのうちに、ご存《ぞん》じのおかたもござりましょうが、お江戸《えど》を発《た》って二十里上方《にじゅうりかみがた》、相州小田原一色町《そうしゅうおだわらいっしきまち》をお過《す》ぎなされて、青物町《あおものちょう》をのぼりへおいでなさるれば、欄干橋虎屋藤右衛門《らんかんばしとらやとうえもん》、只今《ただいま》にては剃髪《ていはつ》いたして、圓斎《えんさい》と名乗《なの》りまする。

【解説】歌舞伎『外郎売』は曽我《そが》兄弟の弟、曽我五郎時致《ときむね》が外郎売に身をやつしての芝居です。曽我兄弟とは鎌倉時代に親の仇を討った有名な物語。曽我五郎時致は江戸時代の芝居では英雄です。『外郎売』口上には、物売りとしての愛嬌、青年の稚気《ちき》と武士としての剛直《ごうちょく》さも隠し味として加えたいものです。

『外郎売』のセリフには当時の早口言葉が満載。掛け言葉や語呂《ごろ》合わせ、縁語《えんご》、類《るい》語《ご》、畳語《じょうご》など言葉遊びが溢れています。江戸時代の言葉で今では口にしない表現が多く、聞きなれない言葉もありますがテキストどおりに大きな声で発声しましょう。

この段落では「私の親方は仏門に入り僧形になった圓斎です」と紹介しています。

元朝《がんちょう》より大晦日《おおつごもり》まで、お手《て》に入《い》れまするこの薬《くすり》は、昔《むかし》、陳《ちん》の国《くに》の唐人《とうじん》、外《うい》郎《ろう》といえる人《ひと》、我《わ》が朝《ちょう》へ来《き》たり、帝《みかど》へ参内《さんだい》の折《おり》から、この薬《くすり》を深《ふか》く籠《こ》めおき、用《もち》ゆる時《とき》は一粒《ひとつぶ》ずつ、冠《かぶり》の透《す》き間《ま》より取《と》り出《い》だす。よってその名《な》を帝《みかど》より透頂香《とうちんこう》と賜《たまわ》る。すなわち文字《もんじ》には、頂《いただ》く、透《す》く、香《におい》と書《か》いて、とうちんこうと申《もう》す。

只今《ただいま》はこの薬《くすり》、ことのほか世上《せじょう》に広《ひろ》まり、方々《ほうぼう》に似《に》せ看板《かんばん》を出《い》だし、いや小田原《おだわら》の、灰俵《はいだわら》の、さん俵《だわら》の、炭俵《すみだわら》のといろいろに申《もう》せども、平仮名《ひらがな》をもって、ういろうと記《しる》せしは親方《おやかた》、圓齋《えんさい》ばかり。

【解説】この段落では一年中、入手できる『外郎』という薬の由来を語っています。外国から外郎という人が日本にやって来て、時の天皇に拝謁《はいえつ》し、薬を献上。天皇はお喜びになって、この薬に透頂香《とうちんこう》という名前をあたえました。外郎家で作っている薬なので世間では外郎と呼ばれました。冠は被《かぶ》り物という意味です。文中の「いや」は似せ（贋）看板を出されて困った、あきれたという思いで口にします。「小田原の、灰俵の、さん俵の、炭俵の」は言葉の末尾を似せて調子をつけた類語です。

もしや、お立《た》ち合《あ》いのうちに、熱海《あたみ》か塔《とう》の沢《さわ》へ湯治《とうじ》にお出《い》でなさるるか、または伊勢《いせ》ご参宮《さんぐう》の折《おり》からは、必《かなら》ず門違《かどちが》いなされまするな。お上《のぼ》りならば右《みぎ》のかた、お下《くだ》りなれば左側《ひだりがわ》、八方《はっぽう》が八棟《やつむね》、表《おもて》が三棟玉堂造《みつむねぎょくどうづく》り、破風《はふ》には菊《きく》に桐《きり》の臺《とう》の御紋《ごもん》を御赦免《ごしゃめん》あって、系図《けいず》正《ただ》しき薬《くすり》でございます。

【解説】もし、この集まっているお客様のなかで『外郎』をお買い求めになりたいかたで、京都方面にいかれるかたは右の方向に、江戸に向かうかたは左側です。わたくしどものお店においでになられるならば、きっとお店を間違えないでください。わたくしどものお店は正面が三つ棟があり御殿ふうの作りです。屋根には朝廷の紋である菊や桐が飾られており、朝廷御用達《ごようたし》の由緒ただしい薬だと語っています。

いや最前《さいぜん》より家名《かめい》の自慢《じまん》ばかり申《もう》しても、ご存《ぞん》じないかたには、正身《しょうじん》の胡《こ》椒《しょう》の丸呑《まるの》み、白河夜船《しらかわよふね》。さらば一粒《いちりゅう》食《た》べかけて、その気味合《きみあ》いをお目《め》にか

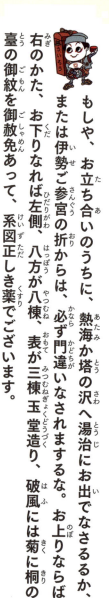

けましょう。

まず、この薬《くすり》をかように一粒《ひとつぶ》を舌《した》の上《うえ》にのせまして、こう腹内《ふくない》におさめますれば、いやどうもいえぬわ、胃肝肺肝《いかんはいかん》が健《すこ》やかになりて、薫風《くんぷう》、咽頭《のんど》より来《き》たり、口中《こうちゅう》、微涼《びりょう》を生《しょう》ずるが如《ごと》し。魚鳥《ぎょちょう》、木《き》の子《こ》、麺類《めんるい》の食《く》い合《あ》わせ、その他《た》、万病《まんびょう》に速効《そっこう》あること神《かみ》の如《ごと》しでござりまする。

さて、この薬《くすり》、まず第一《だいいち》の奇妙《きみょう》には舌《した》の回《まわ》るは、銭独楽《ぜにごま》さえも裸足《はだし》にて逃《に》げるばかりの勢《いきお》いなり。ひょろっと舌《した》が回《まわ》り出《だ》すと、矢《や》も盾《たて》もたまりませぬ。

【解説】「胡椒の丸呑み」は効果がないこと、「白河夜船」はモノを知らないことの譬《たと》えです。ここからは『外郎』の効能を述べ始めます。一粒のめば、胃腸、肝臓、肺臓が丈夫になって、咽喉から青葉の香りが湧《わ》いて口が爽やかになる。食い合わせににも効きます。食い合わせとは一緒に食べると毒になることで、鰻に梅干し、タニシに蕎麦などのこと。この薬の珍しく優れたことには舌がすごい勢いで回り始めるというのです。第一の奇妙とは、とくに優れていることとの意味。銭独楽とは江戸時代に流行した、銭の孔に軸をさして糸をまいて独楽のようにまわすもの。

そりゃそりゃそりゃ、まわってきた、まわってきた。あわや咽頭《のど》、さたらな舌《した》にカゲサ歯音《しおん》、ハマの二《ふた》つは唇《くちびる》の軽重《きょうじょう》、開口爽《かいごうさわ》やかに、あかさたなはまやらわ、おこそとのほもよろを、一《いっ》ぺぎへぎに、へぎ干《ぼ》しはじかみ、盆豆《ぼんまめ》、盆米《ぼんごめ》、盆《ぼん》ごぼう、摘《つ》み蓼《たで》、摘《つ》み豆《まめ》、摘《つ》み山椒《ざんしょう》、書写山《しょしゃざん》の写僧正《しゃそうじょう》、粉米《こごめ》の生噛《なまが》み、粉米《こごめ》の生《なま》噛《が》み、こん粉米《こごめ》のこ生噛《なまが》み、繻子《しゅす》、緋繻子《ひじゅす》、繻子《しゅす》、朱珍《しゅちん》、親《おや》も嘉兵衛《かへえ》、子《こ》も嘉兵衛《かへえ》、親嘉兵衛子嘉兵衛《おやかへえこかへえ》、子嘉兵衛親嘉兵衛《こかへえおやかへえ》、ふる栗《ぐり》の木《き》の古《ふる》切《き》り口《ぐち》。

【解説】さあさあ舌がまわってきました。「あわや咽頭、さたらな舌にカゲサ歯音、ハマの二つは唇の軽重」、これは江戸時代の発音です。中国音韻《おんいん》学の唇音《しんおん》・舌音《ぜつおん》・歯《し》音《おん》・牙音《がおん》・喉音《こうおん》のことです。カゲサは牙音で、破裂音や鼻音のこと。歯音は舌先と前歯との間で摩擦して発する音です。薬を飲んだ効能で舌が回ってきて、口の開閉が自由自在になってくるというのです。この段落から早口言葉が始まります。意味はわからなくても、一言一句、丁寧に言葉が粒だつように語りましょう。書写山の写僧正は、いいにくいサ行の練習です。粉米は精米のときに砕けた米。朱珍は繻子の布地に模様を織り出したものです。

雨合羽《あまがっぱ》か番合羽《ばんがっぱ》か、貴様《きさま》の脚絆《きゃはん》も皮脚絆《かわぎゃはん》、我《われ》らが脚絆《きゃはん》も皮脚絆《かわぎゃはん》、尻皮袴《しっかわばかま》のしっぽころびを三針針長《みはりはりなが》にちょと縫《ぬ》うて、縫《ぬ》うてちょとぶんだせ、河原《かわら》撫子《なでしこ》、野石竹《のぜきちく》。野良如来《のらにょらい》、野良如来《のらにょらい》、三野良如来《みのらにょらい》に六野良如来《むのらにょらい》。ちょっと先《さき》のお小《こ》仏《ぼとけ》に、お蹴躓《けつまず》きゃるな、細溝《ほそみぞ》に泥鰌《どじょ》にょろり。京《きょう》のなま鱈《だら》、奈良《なら》なま学鰹《まながつお》、ちょと四五貫目《しごかんめ》、お茶立《ちゃた》ちょ、茶立《ちゃだ》ちょ、ちゃっと立《た》ちょ、茶立《ちゃだ》ちょ、青竹茶筅《あおだけちゃせん》で、お茶《ちゃ》ちゃっと立《た》ちゃ。

【解説】合羽は雨降りのときに用いる外套、レインコート。「尻皮袴のしっぽころびを三針針長にちょと縫うて、縫うてちょとぶんだせ」というところは短い物語のようでおもしろい。尻皮袴のしっぽころびの「しっ」は接頭語。ぶんだせは出発しろ。「ちょっと先のお小仏に、お蹴躓きゃるな」は野に置いてある小さな石仏に躓くなといっています。ちょ、ちゃは拗音《ようおん》の練習です。拗音は一音節が仮名二字で表されるもの。きゃ、きゅ、きょ、ばっ、びゅ、びょなどで、きれいに発音したい。「お茶立ちゃ」以降の文言は語感が楽しい。お茶をたてろといっています。

来《く》る来《く》るわ何《なに》が来《く》る、高野《こうや》のお山《やま》のおこけら小僧《こぞう》。狸百匹《たぬきひゃっぴき》、箸百膳《はしひゃくぜん》、天目百杯《てんもくひゃっぱい》、棒八百本《ぼうはっぴゃっぽん》。武具《ぶぐ》、馬具《ばぐ》、武具《ぶぐ》、馬具《ばぐ》、三武具馬具《みぶぐばぐ》、合《あ》わせて武具《ぶぐ》、馬具《ばぐ》、六武具馬具《むぶぐばぐ》。菊《きく》、栗《くり》、菊《きく》、栗《ぐり》、三菊栗《みきくぐり》、合《あ》わせて菊栗《きくぐり》、六菊栗《むきくぐり》。麦《むぎ》、ごみ、麦《むぎ》、ごみ、三麦《みむぎ》ごみ、合《あ》わせて麦《むぎ》、ごみ、六麦《むむぎ》ごみ。

あの長押《なげし》の長薙刀《ながなぎなた》は誰《た》が長薙刀《ながなぎなた》ぞ。向《む》こうの胡麻殻《ごまがら》は荏《え》の胡麻殻《ごまがら》か、真胡麻殻《まごまがら》か、あれぞほんとの真胡麻殻《まごまがら》。がらぴい、がらぴい風車《かざぐるま》、おきゃがれ小法師《こぼうし》、おきゃがれ小法師《こぼうし》、ゆんべもこぼして、またこぼした。

【解説】武具馬具、武具馬具からこの口上の早口言葉のハイライトシーンになります。ここで大切なことは鼻濁音《びだくおん》です。鼻濁音とは息を鼻に抜いて発音するガ行音です。語頭《ごとう》以外のガ行は鼻濁音です。午後《ごご》の発音は語頭の「ご」は破裂音、次の「ご」は鼻濁音です。邦楽では鼻濁音は必須です。現在、鼻濁音は滅びる傾向にありますが、意識的にマスターしたいものです。鼻濁音の発音記号は「か゚き゚く゚け゚こ゚」と記します。天目は天目茶碗。「麦、ごみ」のごみは五味とも取れます。胡麻殻はゴマの種子を取った茎。おきゃがれには起きやがれと措きやがれ（いいかげんしろ）を掛けています。

たっぽたっぽ、ちりからちりから、つったっぽ、たっぽたっぽ一干蛸《いっひだこ》、落《お》ちたら煮《に》て食《く》うを、煮《に》ても焼《や》いても食《く》われぬものは、五徳《ごとく》、鉄弓《てっきゅう》、金熊童子《かなぐまどうじ》に石熊《いしぐま》、石持《いしもち》、虎熊《とらぐま》、虎鱚《とらぎす》、中《なか》にも東寺《とうじ》の羅生門《らしょうもん》では、茨木童子《いばらぎどうじ》が腕栗五合《うでぐりごんごう》つかんでおむしゃる、かの頼光《らいこう》の膝元《ひざもと》去《さ》らず、鮒《ふな》、きんかん、椎茸《しいたけ》、定《さだ》めて後段《ごだん》な、そば切《き》り、そうめん、うどんか愚鈍《ぐどん》な小新発知《こしんぼち》。

【解説】たっぽたっぽ、つったっぽは鼓《つづみ》をたたく音。干蛸は干したタコで、干したタコは食べられるが食べられないものはと続きます。五徳は鉄瓶をかける三脚・輪形、鉄製の器具。鉄弓は火の上にのせ魚を焼く鉄条《てつじょう》。金熊童子のくだり、大江山に住む鬼の酒呑《しゅてん》童子の四天王と呼ばれる家来が金熊童子、石熊童子、星熊《ほしぐま》童子、虎熊童子。石持と虎鱚は、名前はいかめしいが食べられる魚です。堅いものや人の中に魚を混入させている面白さが感じられます。『茨木童子』とは茨木童子に化けた鬼が武将・渡辺綱《わたなべのつな》に腕を切り落とされ、その腕を取り返しにいく芝居。腕と茹《う》でるにかけています。渡辺綱は源頼光《みなもとのよりみつ》の四天王の一人。後段は食事のあとに出されるデザート。小新発知は新米のお坊さんのこと。

小棚《こだな》の、こ下《した》の、小桶《こおけ》に、こ味噌《みそ》が、こあるぞ、小杓子《こじゃくし》、こ持《も》って、こすくって、こよこせ、おっと合点《がてん》だ、心得《こころえ》たんぼの川崎《かわさき》、神奈川《かながわ》、程《ほど》ケ谷《がや》、小《こ》戸塚《とつか》は走《はし》って行《い》けば、灸《やいと》を摺《す》りむく、三里《さんり》ばかりか、藤沢《ふじさわ》、平塚《ひらつか》、大磯《おおいそ》がしや、小磯《いそ》の宿《しゅく》を七《なな》つ起《お》きして、早天早々《そうてんそうそう》、相州小田原《そうしゅうおだわら》とうちんこう、隠《かく》れござらぬ、貴賤《きせん》群衆《ぐんじゅう》の花《はな》のお江戸《えど》の花《はな》ういろう。

【解説】「川崎、神奈川、程ヶ谷、戸塚は走って行けば、灸を摺りむく、三里ばかりか、藤沢、平塚、大磯がしや、小磯の宿」と続くところは道中《どうちゅう》付《づ》けという伝統的な話法で、地名を調子をつけて読み立てます。現在でも、道中付けは落語の『黄金餅《こがねもち》』、講談、浪曲でもよく聞かれます。心得たの「た」から「田んぼ」と続きます。三里は膝頭《ひざがしら》の下にある、お灸が利く灸点《きゅうてん》。三里（約十二㎞）の数字に掛けています。大磯がしやは大忙しやの洒落。七つは現在の時間で午前四時ごろ。早天は明け方。隠れられないほど有名な、花のお江戸のように輝かしい薬と言っています。

あれ、あの花《はな》を見《み》て、お心《こころ》をお和《やわ》らぎやあという、産子《うぶこ》、這子《はうこ》に至《いた》るまで、この外郎《ういろう》のご評判《ひょうばん》、ご存《ぞん》じないとは申《もう》されまいまいつぶり、角出《つのだ》せ、棒出《ぼうだ》せ、ぼうぼう眉《まゆ》に、臼杵《うすぎね》、擂《す》り鉢《ばち》、ばちばち、がらがらがらと、羽目《はめ》を外《はず》して、今日《こんにち》お出《い》でのいずれも様《さま》に、上《あ》げねばならぬ、売《う》らねばならぬと、息《いき》せき引《ひ》っ張《ぱ》り、東方《とうほう》世界《せかい》の薬《くすり》の元締《もとじ》め、薬師如来《やくしにょらい》も照覧《しょうらん》あれと、ほほ敬《うやま》って、外郎《ういろう》は要《い》らしゃりませぬか。

【解説】産子は産まれたばかりの子、這子は這うことができるようになった子。大人から子どもまで、この外郎の評判を知らないとは言わせませんよ。「申されまいまいつぶり」はもうされまい、まいまいつぶり（蝸牛《かたつむり》）と掛けて、蝸牛に角出せ、棒出せ、この棒の連想で、能面の「ぼうぼう眉」を出すところは優れた飛躍で作者の教養の高さをしのばせます。薬師如来は衆生《しゅじょう》の病を治す仏さま。今日、おいでになったお客様にはぜひお買い求めいただきたいのです。薬師如来もこの外郎をごらんになってください。どうでございますか、外郎をおもとめくださいませ。

読むときのコツ

玉川太福《たまがわだいふく》

みなさま、初めまして。浪曲師の玉川太福です。このたびは本著をお手にとっていただきまして、心より厚く御礼申し上げます。

声に出す『外郎売』の口上は私が生業《なりわい》にしております「浪曲」との共通点がたくさんあり、親戚というような親近感を覚えています。

浪曲は元々は大道芸でありました。浪曲の最初の節は外題付《げだいづけ》といい、目の前のお客様に語りかける調子で、ときに物語の概略を、ときにご来場の御礼や自己紹介を申し上げたのち、〽時間くるまでつとめましょうと結んで、物語に入っていきます。今でもこの形は変わりません。

聴き手への寄り添いかたといいますか、まずはお客様の耳目を集めて本題に入る、この入口は「拙者、親方と申すは……」と声を張り上げながら、調子の良い、リズムに乗った口上でお客様の心にスーッと入っていく『外郎売』の口上と近いものです。浪曲につきものの三味線こそ入っておりませんが、どこか節になっていて、その心地よさが重要であり、「言葉の響きと心地よい語り口」というのは、日本の語り芸に共通する最大の魅力です。それは時に内容を超えて、聴き手の感情を大きく揺さぶる力を持っているように感じます。

この外郎売の口上も、大事なことは流暢に話すことを意識しすぎたり、早口言葉にとらわれるのではなく**「外郎売になりきる」**ことです。目の前に通りすがりのお客様が実際にいるような気持ちになってみる。その状況で、小さな声でボソボソと語ったりはしないはずです。自然と大きな声になるでしょうし、朗《ほが》らかな表情を作るでしょう。退屈させないために、リズムに乗ったり抑揚をつけたりすると思います。

「心地の良い言葉の響きと語り口」は、聴く側の気分がよくなるだけではなく、語っている自分自身、気持ちや自信の高まりまでもたらしてくれます。

たとえば、営業職のかたでなくとも、友人や家族にプレゼンしたりする機会は日常に多々ありますし、単純に人とコミュニケーションをとるということにおいても、きっとプラスな面があります。

「外郎売になりきって」口上を繰り返し繰り返し練習してみてください。そらんじることができる頃には、体にも心にも、きっと良い変化が生まれているはずです。

他にもこんなに！ おすすめ話芸

万葉歌人の山上憶良《やまのうえのおくら》は日本を言霊《ことだま》の幸《さき》わう国といいました。言霊とは言葉に宿った霊威《れいい》で、言葉には力があり、言葉どおりの事象が現れると古代から信じられてきました。日本は言霊によって幸福がもたらされる国です。話芸とは言葉を使っておこなう技です。日本は数多くの話芸が幸わう国なのです。

その代表的な話芸を紹介しましょう。

本書の『外郎売』は歌舞伎十八番の演目。**歌舞伎**は五百年の歴史を誇る演劇でユネスコが無形文化遺産と認定。衣装のきらびやかさ、邦楽の多様さ、筋立ての奇抜さ、舞台機構の斬新さ、役者の演技など見所《みどころ》の多い中で特にセリフ術は重要です。歌舞伎のセリフ術のひとつ「つらね」は鎌倉時代の猿楽《さるがく》や延年舞《えんねんのまい》に由来して、歌舞伎に取り入れられた雄弁術。『外郎売』や『暫《しばらく》』、『白浪五人男《しらなみごにんおとこ》』などで聞かれます。

歌舞伎十八番の中でも最も有名な『助六由縁江戸桜《すけろくゆかりのえどざくら》』での花川戸助六《はなかわどのすけろく》の啖呵《たんか》は、

いかさまなあ。この五丁町《ごちょうまち》に脛《すね》をふんごむ野郎めらは、おれが名前を聞いておけ。まず第一には、おこりが落ちる。まだいいことがある。大門《おおもん》をずっとくぐるとき、おれが名をてのひらへ三遍《さんべん》かいてなめろ、一生、女郎にふられるということがねえ。見かけは小さな野郎だが胆《きも》が大きい。

啖呵は舌鋒《ぜっぽう》するどく捲《まく》し立てることで、この芝居では江戸っ子の啖呵が命です。

歌舞伎の最も人気がある狂言（芝居）は『弁天娘女男白浪《べんてんむすめめおのしらなみ》』で別名、白浪五人男。弁天《べんてん》小僧《こぞう》菊《きく》之助《のすけ》の浜松屋での七五調のセリフには酔わされます。

知らざあ言って聞かせやしょう。浜の真砂《まさご》と五右衛門《ごえもん》が歌に残した盗人《ぬすっと》の、種は尽きねえ七里ケ浜《しちりがはま》。その白浪の夜働《よばたら》き、以前をいやあ江の島で年季勤《ねんきづと》めの児ケ淵《ちごがふち》。百味《ひゃくみ》講でちらす蒔銭《まきせん》を当てに小皿《こざら》の一文子《いちもんこ》、百が二百と賽銭《さいせん》の、くすね銭《ぜに》せえ段々に悪事はのぼる上《かみ》の宮（中略）名さえ由縁《ゆかり》の弁天小僧菊之助たあ、おれがことだ。

観客はこぞって歌舞伎の名セリフを口真似したのです。

歌舞伎と落語は江戸時代の町人の一般教養で、日常生活の中に生きていました。

落語は代表的な話芸です。落語の原点は笑話集『醒酔笑《せいすいしょう》』で、江戸時代の初期、京都の僧、安楽庵策伝《あんらくあんさくでん》が作りました。この本には今も演じられる『平林《ひらばやし》』や『子ほめ』が収められています。落語家の祖といわれる烏亭焉馬《うていえんば》が誕生し、十八世紀末には初代・山笑亭可楽《さんしょうていからく》が常設の演芸場（寄席《よせ》）を作って以来、落語は国民的な人気を保っています。落語界からたくさんの名人、上手、人気者が輩出《はいしゅつ》しました。

落語は滑稽噺《こっけいばなし》と人情噺《ばなし》に大別されます。たくさんの滑稽噺があって、『寿限無《じゅげむ》』は我が子に日本一長い名前をつける話、『子ほめ』ではお世辞の言い方が学べます。落語は笑いながら社会生活の知恵が学べて、人生の真理が発見できるのです。

落語『大工調べ』では大工の棟梁が、わからずやの大家に勢いよく言い立てます。

なにをいってやんでえ。丸太ん棒、てめえなんざ血も涙もねえ、眼も鼻もねえ、のっぺらぼうな野郎だから丸太ん棒てんだ。呆助《ほうすけ》、ちんけいとう、株っかじり、芋っ掘《ぽ》りめ。

悪口の多さで国の文化度が計られると言われますが、落語には罵詈雑言《ばりぞうごん》は多く、あんにゃもんにゃ、すっぱらげっちょなど不思議な語感の悪口がいくらもあります。

落語にも、長い文言を述べる言い立てが数々あります。代表例が『金明竹《きんめいちく》』の、使いの者の口上です。

わて、中橋《なかばし》の加賀屋佐吉《かがやさきち》かたから参じました。先度《せんど》、仲買の弥市が取次ぎました

道具七品《ななしな》のうち、祐乗《ゆうじょう》、光乗《こうじょう》、宗乗《そうじょう》三作《さんさく》の三所《みところ》もの。並びに備前《びぜん》長船《おさふね》の則光《のりみつ》、四分《しぶ》一《いち》ごしらえ横谷《よこや》宗岷《とうみん》小柄付きの脇差し、柄前《つかまえ》はな、だんなはんが古鉄刀木《ふるたがや》といやはって、やっぱりありゃ埋《うも》れ木《ぎ》じゃそうにな、木が違うておりまっさかいなあ、念のため、ちょっとお断り申します。（中略）

講談は落語と並ぶ伝統話芸で五百年の歴史があります。戦国時代、諸大名に『太平記』を読み聞かせていた太平記読みが講談師の始まりです。『太平記』とは南北《なんぼく》朝《ちょう》の軍記物語で武将の楠正成《くすのきまさしげ》が活躍します。楠正成が得意にしたゲリラ戦法を諸大名は手本にしたのです。江戸時代になり『太平記』や『源平盛衰記』などを聞かせる、専門の講談師（講釈師）が現れ、現在に続いています。江戸時代や明治時代には落語をしのぐ勢いで栄えました。軍談調の調子の良さは「講談師みてきたようなうそをいい」と川柳で冷やかされるくらい、戦場の模様などを迫真の口調で表現します。

講談のものものしい例は、武田信玄ひとりの名前を一気に、こう語ります。

清和《せいわ》天皇六代源頼義《みなもとのよりよし》の三男新羅三郎義光《しんらさぶろうよしみつ》の嫡子《ちゃくし》、刑部三郎義清《ぎょうぶさぶろうよしきよ》より十七代の後《こう》胤《いん》、武田左京《さきょう》の太夫信虎《たゆうのぶとら》の長男、甲斐源氏の棟梁《とうりょう》なる武田大膳《だいぜん》の太夫兼信濃守《けんしなのかみ》、源

朝臣《あそん》、春信入道法性院殿大僧正《はるのぶにゅうどうほっしょういんでんだいそうじょう》、表徳徳永軒機山信玄大居士《ひょうとくとくえいけんきざんしんげんだいこじ》。

随分と長いのはそのはずで武田信玄の戒名まで入っているのです。

講談は男性美ともいわれ、豪壮、重厚に語ります。豪傑が大勢の相手を切るときの決まり文句は、

真《ま》っ向梨割《こうなしわ》り唐竹《からたけ》割り、あるいは胴《どう》切り車《くるま》切り、奴豆腐《やっこどうふ》に玉霰《たまあられ》、または賽《さい》の目千六本《せんろっぽん》、羊羹屑《ようかんくず》に切り山椒《ざんしょう》、ざっくざっくと切り捨てたり。

おしまいの「ざっくざっくと」と言って客の笑いを誘います。

浪曲は別名が浪花節《なにわぶし》、明治時代の始めに発生した演芸。テーブル掛けという布を机にかけて、三味線の伴奏で語ります。節（メロディ）と啖呵（語り）で構成される浪曲は明治時代の末から、大正、昭和の初期まで演芸の王者の座を占めました。浪曲の節回しは演歌の元になっています。義理と人情をテーマに謳いあげる浪曲。底の浅い人情物を評して「浪花節のような」といまでも言われるのは、隆盛の反動でもあるのです。

浪曲師・二代目広沢虎造《ひろさわとらぞう》の『清水次郎長』は昭和の時代に一世を風靡《ふうび》しました。

外題付けという歌い出しは、

旅ゆけば、駿河《するが》の国に茶の香り、名題《なだい》なるかな東海道、名所古蹟《めいしょこせき》の多いとこ。なかに知られる羽衣《はごろも》の、松とならんでその名を残す、街道一《かいどういち》の親分は、清水港の次郎《じろ》長《ちょう》のあまた身内のある中で、四天王の一人で乱暴者といわれたる、遠州《えんしゅう》、森の石松の、苦心談のお粗末を悪声《あくせい》ながらもつとめましょう。

次郎長の子分、森の石松というキャラクターはいまでも映画や小説などの世界で生きながらえています。

広沢虎造と並ぶ実力者、玉川勝太郎（二代目）は『天保水滸伝』が全国的にヒットしました。

利根の川風袂《たもと》に入れて　月に棹《さお》差す高瀬舟《たかせぶね》　人目関《ひとめせき》の戸《と》叩くは川の　水に堰《せ》かるるくいな鳥　恋の八月大利根月夜　佐原ばやしの音も冴《さ》え渡り　葦《よし》の葉末《はずえ》に露《つゆ》おく頃は　飛ぶや蛍のそこかしこ　潮来《いたこ》あやめの懐かしさ　わたしゃ九十九里荒浜《あらはま》育ちと言うて鰯《いわし》の子ではない。

義太夫は平曲《へいきょく》や謡曲を源流にした語りもの。浄瑠璃節の異名で、太棹の三味線を伴奏に太夫が物語や登場人物のセリフを語ります。品格の高さは話芸では一番です。『艶容女舞衣《はですがたおんなまいぎぬ》』の酒屋《さかや》の段では、お園《その》の口説《くど》き（嘆き）が知られています。

今頃は半七さん。どこにどうしてござろうぞ。今更返らぬことながら、わたしという者ないならば、（中略）思えば思えばこの園が、去年の秋の煩《わずら》いに、いっそ死んで仕舞《しも》うたら、こうした難儀《なんぎ》は出来まいもの。

近松門左衛門《ちかまつもんざえもん》が描く『曽根崎心中《そねざきしんじゅう》』の終章、お初と徳兵衛が心中にいくときの語りはあまりにも有名です。

この世のなごり、世もなごり、死ににゆく身をたとふれば、あだしが原の道の霜《しも》、一足づつに消えてゆく、夢の夢こそあはれなれ。あれ数《かぞ》ふれば暁《あかつき》の、七つの時が六つ鳴いて、残る一つが今生《こんじょう》の、鐘のひびきの聞きおさめ、寂滅為楽《じゃくめついらく》とひびくなり。

江戸や上方では浄瑠璃を音曲の司《つかさ》と呼んで町人は熱心に稽古をしていました。そのようすは落語の『寝床《ねどこ》』『稽古や』『豊竹《とよだけ》や』『軒付《のきづ》け』で知ることができます。

浄瑠璃の大きな母体が**平曲《へいきょく》**です。平曲とは平家物語を語るもので、平家物語は中世から近世にかけて琵琶法師と呼ばれる盲僧たちによって全国津々浦々に語り継がれました。日本の口承《こうしょう》文芸の中でも大きな流れをなすものです。

平家物語の語り初めの、**祇園精舎《ぎおんしょうじゃ》の鐘の声。諸行無常《しょぎょうむじょう》の響きあり。沙羅双樹《さらそうじゅ》の花の色。盛者必衰《じょうしゃひっすい》の理《ことわり》をあらはす**

これは学校の教科書でも必修の名文です。

伝統話芸には仏教の影響が色濃く残っています。**節談説教《ふしだんせっきょう》**とは浄土真宗で仏教を広めるための説教のことで、話す文句（説教）に抑揚（フシ）を付けたもの。浪曲、講談、落語などそれぞれの話芸の母体となりました。

謡曲《ようきょく》は能楽の詞章《ししょう》をうたうもの。能楽《のうがく》は能と狂言のことです。能は平安時代の猿楽から生まれて鎌倉時代に生まれた歌舞劇で、今も伝統芸能の不動の地位にいます。

日本は貴人たちが雅楽や能・狂言を楽しみ、庶民は歌舞伎や義太夫や寄席での演芸に親しみ、芸能をはぐくんできた文化国家です。ひとつの話芸にも多様な芸能が影響しあっています。日本という風土に伝統芸能が息づいています。

寄席に行ってみよう！

前項では、伝統話芸の多彩さや素晴らしさを紹介しましたが、この項ではどこでこれらの芸が鑑賞できるかをご案内しましょう。

❖歌舞伎

歌舞伎は東京の歌舞伎座（東京・中央区）に行きましょう。二〇一三年に新築されたこの劇場は一年十二か月、歌舞伎を公演しています。座席数はおよそ二千。長い歴史を誇る、現代に根付いた一大商業演劇です。歌舞伎の演目は江戸時代に作られた作品が多いが、筋書と呼ばれるプログラムやイヤホンガイドの助けもあって理解が容易になりました。ゆったりとした気持ちで舞台に向かいましょう。

『勧進帳《かんじんちょう》』での弁慶と関守《せきもり》・富樫《とがし》の間にかわされる迫力満点の山伏問答《やまぶしもんどう》。『白浪五人男《しらなみごにんおとこ》』の稲瀬川《いなせがわ》の勢揃いの場では、五人の盗賊の名乗りの場面。『梅雨小袖昔八丈《つゆこそでむかしはちじょう》』では小悪党の髪結新三《かみゆいしんざ》の胸のすく啖呵など名場面がたくさんあります。

歌舞伎は多くの芸能を積極的に取り込んでいます。能や狂言から取り込んだ松《まつ》羽目《ばめ》もので『勧進帳』『身替座禅《みがわりざぜん》』、講談からは『与話情浮名横櫛《よわなさけうきなのよこぐし》』（お富与三郎）『天衣紛上野初花《くもにまごううえののはつはな》』（河内山宗俊《こうちやまそうしゅん》）、落語では『芝浜革財布《しばはまのかわざいふ》』（芝浜）『らくだ』などがあります。歌舞伎は日本芸能の総合芸です。

松本幸四郎《まつもとこうしろう》、尾上菊五郎《おのえきくごろう》、片岡仁左衛門《かたおかにざえもん》、中村吉右衛門、坂東玉三郎《ばんどうたまさぶろう》などの名優や市川染五郎《そめごろう》、市川海老蔵《えびぞう》、尾上菊之助《きくのすけ》などの人気者など見るべき役者は多い。歌舞伎座には幕見《まくみ》という低料金で一幕だけを見られるシステムもあります。歌舞伎は京都、大阪、名古屋、博多などで定期的に開催され、巡回協業で地方でも接する機会が増えています。歌舞伎に親しみましょう。

❖落語・色物

寄席は演芸がおこなわれる場所で、年中興行をしている寄席を定席と呼びます。東京の定席は、浅草演芸ホール、池袋演芸場、上野の鈴本《すずもと》演芸場、新宿末廣亭《すえひろてい》です。永田町の国立演芸場、お江戸日本橋亭、お江戸上野広小路亭などでも定期的に興行をしています。横浜では横浜にぎわい座が定期公演をおこなっています。大阪市では天満天神繁昌亭《てんまんてんじんはんじょうてい》が定席で、動楽亭《どうらくてい》でも定期的に公演をしています。名古屋市の大《お》須《す》演芸場は新装して公演を再開しています。

寄席では落語のほかに、彩りを添える色物《いろもの》といって紙切り、漫才、太神楽《だいかぐら》、漫談、コント、物真似などの演芸がみられます。どの芸も年季が入っていて腕の確かさには感心させられます。

いま落語家は東西で八百五十人いるといわれています。近来では最も多い人数です。落語ブームが話芸ブームに結びつくことでしょう。

寄席は耳学問の場で、知らず知らずのうちに、世間の風俗、習慣、礼儀や常識を身に付けることができます。上方では商人の家では丁稚を寄席に行かせました。

東京の寄席に行けば人間国宝の柳家小三治《やなぎやこさんじ》、人気者の春風亭小朝《しゅんぷうていこあさ》、柳家喬太郎《やなぎやきょうたろう》、新進気鋭の鈴々舎《れいれいしゃ》馬《ま》るこなどの落語が適正料金で見られます。大阪の寄席では、四天王と呼ばれた桂米朝《かつらべいちょう》や笑福亭松鶴《しょうふくていしょかく》、桂文枝《かつらぶんし》、桂春團治《かつらはるだんじ》たちが復活させた上方落語が花開いています。江戸落語の九割は上方落語からの移入です。上方落語は徹底した滑稽噺で落語の真髄といいえましょう。

❖講談

寄席は落語だけでなく以前には講談の寄席もありました。明治時代の全盛期には講談師は約八百人、釈場《しゃくば》といわれる寄席は東京で八十軒。残念ながら、いまは講談の定席はありません。定期興行をしている場所は東京でお江戸日本橋亭、お江戸上野広小路亭などです。

講談は物語の宝庫で『大岡越前守忠相《おおおかえちぜんのかみただすけ》』『清水次郎長』『柳生十兵衛《やぎゅうじゅうべい》』『水戸黄門』『左甚五郎《ひだりじんごろう》』など歴史上のヒーローや有名人は講談から生まれました。講談師はいま東西で七十人ほど。近年は女性の入門が増え、いまや女性の講談師が男性よりも多くなりました。伝統的なネタを守る一方で盛んに新作も高座に掛けられています。東京には人間国宝の一龍齋貞水《いちりゅうさいていすい》、一龍齋貞心《ていしん》、人気者の宝井琴調《たからいきんちょう》、女流の実力者・宝井琴桜《きんおう》、大阪では旭堂南陵《きょくどうなんりょう》、旭堂南左衛門《なんざえもん》たちが気を吐いています。講談は戦いの模様を語る軍談が主流です。講談は人名や地名、言い回しなど、聞いてすぐに理解できる話芸ではありませんが、聞き込むほどに味わい深くなる話芸です。

❖浪曲

浪曲の寄席は東京は浅草の木馬亭《もくばてい》で、毎月一日から七日まで七日間、興行をしています。毎回、七人の浪曲師が出演します。演題は忠義や親孝行を謳《うた》う古典から、極私的な世界を描く新作まで幅広く語られます。東京では重鎮《じゅうちん》・東家浦太郎《あずまやうらたろう》、澤孝《さわたか》子《こ》、新進の玉川奈々福《ななふく》、玉川太福、東家一太郎《いちたろう》たちも注目されています。大阪市では月に三日間、一心寺《いっしんじ》門前浪曲寄席が催されています。京山幸枝若《きょうやまこうしわか》、京山小圓嬢《こえんじょう》、三原佐知子《みはらさちこ》などの芸豪が揃い、真山隼人《まやまはやと》、京山幸太《こうた》の新人が戦力になっています。いま浪曲復興の狼煙《のろし》があがっています。

❖人形浄瑠璃

人形浄瑠璃は文楽《ぶんらく》とも呼ばれ、太夫・三味線・人形遣《づか》いによって構成されています。太夫が浄瑠璃節を語ります。文楽の三大名作『菅原伝授手習鑑《すがわらでんじゅてならいかがみ》』、『仮名手本忠臣蔵《かなでほんちゅうしんぐら》』、『義経千本桜《よしつねせんぼんざくら》』は歌舞伎の重要な演目にもなっています。文楽は大阪が本場で、国立文楽劇場（幕見席があります）、東京では国立劇場小劇場で見られます。文楽は世界遺産に指定された世界に誇る芸能です。

文楽の太夫が人形なしで浄瑠璃だけを語るのが素浄瑠璃《すじょうるり》です。鍛えられた声、人情味あふれる情感には感動必至です。

寄席の情報は各演芸場のＨＰで、歌舞伎は歌舞伎座や前進座などのＨＰで、文楽の情報は文楽協会のＨＰで検索できます。また東京の演芸情報は演芸専門誌『東京かわら版』（有料）があり、大阪の演芸情報検索は『よせぴっ』（無料、ＨＰあり）が便利です。

ぜひ劇場や寄席にいってみましょう。
あなたの人生を応援する言葉や表現に出合えます。

浪曲の魅力、いま

玉川太福

この項では浪曲のいま、について皆様に知っていただけましたら、幸いでございます。

まず、浪曲とは何かについて申し上げますと、元々は「浪花節」という名称で、江戸時代から明治初期にかけ、説経節《せっきょうぶし》やデロレン祭文《さいもん》、阿呆陀羅経《あほだらきょう》など当時流行していた様々な話芸が母体となって誕生しました。つまり、「外郎売」と同じで、大道芸でありました。それが葦簾《よしず》張《ば》りという半屋外形式になり、寄席に進出し、さらに人気を集め、大劇場を連日満員にするような浪曲師も登場。レコードやラジオの普及によってさらに発展し、昭和三十年代半ば頃まで、大衆娯楽の王者として君臨したと聞いています。大人はもちろん、子供まで浪曲のさわり（有名なフレーズ）を口ずさみ、今でいう流行歌の先駆けのようなものだったのでしょう。それがテレビの普及とともに娯楽としての影を急速にひそめ、今日では一部の愛好者のものへ、昭和初期には三千人いたと言われる演者の数も、今では東京と大阪それぞれの浪曲協会を合わせて、七、八十名にまで減ってしまいました。

ところが、その浪曲界に近年になって若い入門者が少しずつですが増えてきている、という状況があります。私も、その一人です。

浪曲に出会ったのは二十七歳の時で、浪曲の「ろ」の字も知りませんでした。今でも日本で唯一残っている浪曲の定席小屋、浅草の「木馬亭《もくばてい》」に知り合いに連れられて聴きに行きましたが、初めて生で聴く浪曲は内容についてはチンプンカンプン。それでも、聴いて損したというような気持ちにはならないのが不思議でした。

「なんだかよくわかんないけど、面白い」。それが、「なんだかわかんないところもあるけど、めちゃくちゃ面白い！」という感想に至るまで、自分でも驚くほど、あっという間でした。それまで全く興味が持てなかったような江戸時代の侠客伝を、気づけば客席の最前列に座って身を乗り出して聴いているのです。そして、浪曲と出会ってわずか半年で、ついには浪曲の世界に飛び込んでしまいました。

「驚くほど迫力があって、それでいて明るく、懐が深く、初心者でも安心して楽しめる」

師匠・玉川福太郎《ふくたろう》（二〇〇七年、死去。六十一歳）の芸風は、まさにそのような浪曲でした。だからこそ、浪曲のことなど何も知らない、何もできない私が飛び込んでしまったんだと思います。

いま芸歴十一年目の私の下に、十人以上の後輩がいます。入門の経緯は十人十色ですが、大人になってからフトしたきっかけで浪曲に出会い、一気に魅了されて、という人が多いような気がします。私のようにお笑いをかじった者から、芝居をやっていた、バンドをやっていた、民族音楽をやっていた、チンドン屋をやっていたと実に様々です。浪曲が、話芸であり、演劇であり、音楽であり、という多面的な魅力を備えている所以《ゆえん》でしょう。また、一人一《ひとりいち》ジャンルと言われるほど、浪曲師個々の魅力が大きく異なることも特徴です。

そのように、一門ごとの芸風の違いが大きいので、修行の形態などは様々ですが、共通する大事な要素として、「一声《いちこえ》、二節《にふし》、三啖呵《さんたんか》」という言葉があります。まず一番大事である「声」を鍛え、浪曲の一番の特徴である「節」を習得し、物語そのものを伝える上で最大の要素「啖呵（セリフ）」を研究する。

さらに今では、「時代に合わせる」という、昔は必要なかった作業も欠かすことはできません。伝統を引き継ぎながら、その時代時代に合わせて演出を工夫し、目の前のお客様に喜んでいただく、これが最も重要なことであり、そのために必要な要素が、私にとっては「笑い」です。

「浪曲に、笑い？」と、意外に思う人が多いかもしれませんが、浪曲の数えきれないほどの演目の中で、最も有名なフレーズ。それは二代目広沢虎造の、

〽**馬鹿は死ななきゃ治らない**

という名調子であり、

「飲みねぇ。飲みねぇ。寿司を食いねぇ。江戸っ子だってねぇ」

「神田の生まれよ」

という、森の石松の愉快な会話の場面です。

「笑い」は演者とお客様、浪曲と現代をつなげる、とても重要な要素だと思っています。

最近では、浪曲師同士の会だけでなく、落語家や講談師と共演する会がどんどん

増えており、そこで求められることは、やっぱり「笑い」です。人情話を唸《うな》るとしても、マクラでお客さんを笑わせ、浪曲という今日《こんにち》では耳慣れない芸を、まずは身近に感じてもらう。大先輩になりますが、二〇一五年に急逝された国本武春《くにもとたけはる》師匠が本題の前にしていた「掛け声教室」は、お客様にかけ声を掛けてもらう練習で、場内が一体化しました。武春師匠が亡くなられた後も、この「掛け声教室」を受け継いでいる演者は少なくありません。

また、浪曲と隣接する「講談」の世界でも、いま勢いのある若手の方は、やはり「笑い」に対する意識が非常に高く、それが当たり前である「落語」の世界でも「笑い」を取ることに、より強くこだわっている若手の人たちというのは、結果的にジャンル全体にとっての新規ファンを明らかに拡大しています。特に近年、演芸会の客席ではあまり見かけなかったような若い世代の女性ファンが増えております。

そして浪曲界の客席にも同じような変化が少しずつですが、起き始めているように感じます。木馬亭定席の入場者数は、この十年、緩やかではありますが、ずっと右肩上がりです。雑誌での大規模な特集やメディアに取り上げていただく機会も増えてまいりました。

「最近、浪曲が来ているんじゃない？」

「浪曲ブームだね！」

そんなありがたいお声を、最近よく耳にします。

ですが、私はそのようには思いません。この数十年が超氷河期であり、いまようやく復調の兆しが見え始めて来た、それだけの状況だと思っています。子供からお年寄りまでが浪曲を口ずさみ、浪曲定席木馬亭が連日大入り満員になる。それが真の浪曲ブームです。これからの十年が勝負だと思っています。

浪曲界の偉大な先人たちへの敬意を忘れず、目の前にいらっしゃるお客様にたいして、浪曲の魅力を日々精一杯の声を張り上げて伝えたいと思います。

そう、大道で叫ぶ「外郎売」に負けないような大きな声で。

あとがき

芝居心を持ち、洒落っ気たっぷりに生きよう。

歌舞伎の『外郎売』が上演されたら見に行きましょう。役者は市川海老蔵でしょう。『外郎売』の口上を海老蔵の口調に重ねて小声で語ってみるのも一興でしょう。

今日はここ一番というとき、大事な企画会議というまえに、出勤前に、大切なデートにでかける際にも、『外郎売』の口上をおさらいしましょう。外郎売の曽我五郎と同人物の助六、『助六』のセリフの「おれが名をてのひらへ三遍かいてなめろ、一生、女郎にふられるということがねえ」に、あやかれます。これは男性にも女性にも有効です。自信と心の余裕が生まれます。

歌舞伎の見得《みえ》は大仰《おおぎょう》です。大きく首をふったり、派手に足を踏み出したり、手を大げさに広げたり、両眼を真ん中に寄せて、大声《たいせい》を発します。見得をする（切る）の語源は歌舞伎です。歌舞伎には現代人が失った身のこなし、歩き方などの動作（所作）があります。メリハリ（減り張り）の利いたセリフなどというメリハリも歌舞伎のセリフ術のひとつで、音の強弱や高低などを使い分ける技術です。減《め》るは緩めること、張りは強めることが一体になった言葉です。

棒ほど願って針ほど叶う。自分の声は自分が思っているよりも低くて通りません。歌舞伎の手法をまねて、背中を真っ直ぐに伸ばし、くぐもった声でなく、はっきり通る声で、少しオーバーな動作で人に接しましょう。着物を着ることもお勧めします。浴衣でもいいのです。着物が日本人の体形にあうことが実感されます。

洒落っ気とは笑いです。

落語の芝居好きの噺ではマクラ（本題の導入部）でこういいます。「芝居好きの若旦那が道で寝ている犬をわざと踏みつけては、あーら怪しやなと見得を切ります。犬が驚いて逃げると、ちぇー芝居心《ごころ》のない犬だなあ、なんて。犬に芝居心はありませんよ」。歌舞伎の『伽羅先代萩《めいぼくせんだいはぎ》』の荒獅子《あらじし》男之助《おとこのすけ》がネズミ（仁木弾正《にっきだんじょう》が化けた）を踏みつけた場面を真似しているのです。

落語の面白さは、勘違い、早飲み込み、言い間違い、屁理屈、欲望の肯定、奇想天外な発想、ものごとの誇張や拡大などの手段を使って喜怒哀楽《きどあいらく》を表しているところです。桂米朝は落語を人生の百科辞典といいました。

文楽《ぶんらく》は、とっつきにくく難解という印象ですが江戸時代の大衆芸能です。笑いの本場の上方で生まれました。上演時間が長い演目にはチャリ場という滑稽な場面があります。『生写朝顔話《しょううつしあさがおばなし》』の「嶋田宿　笑い薬の段」では悪人の医者が間違えて笑い薬を飲んで、七転八倒、悶絶《もんぜつ》します。苦しくてたまらないが笑いが止まらないという場面で、観客は爆笑につぐ爆笑です。太夫、人形遣いは大まじめに演じます。笑わせるときこそ、生真面目に演じなくてはいけないのが芝居や演芸の原則です。

歌舞伎と落語の笑いを二例、紹介します。

歌舞伎の『一条大蔵譚《いちじょうおおくらものがたり》』では悪人が「たとえこのまま果てるとも、死んでも褒美（ほうび）の金が欲しい」と言いつつ首をはねられます。

落語『つるつる』では幇間《たいこもち》が旦那から「お前を叩かせてくれたら、祝儀をあげようじゃないか。一発一円（明治時代の一円は高額）でどうだ」といわれ「じゃあポカポカで二円だ。じゃあポカポカポカポカで死んだらいくら」旦那「死んだらしょうがないだろう」。二つの話ともに、命よりも金が大事という価値の逆転が笑わせます。

笑い、涙、感動、人生の知恵。伝統話芸には膨大な知的財産があふれています。わずかの余禄を手にするだけでも膨大な量の語彙《ごい》力や表現力アップにつながります。

歌舞伎や落語の素養はあなたの心の成長も促します。

本書では歌舞伎や落語を中心に紹介しましたが、能楽、節談説教、現在の漫才の源流の尾張万歳《おわりまんざい》、瞽女唄（ごぜ）など多くの伝統話芸があります。

現在、西洋風の生活様式に暮らす私たちにとって和の文化は新鮮に映って、発見と驚きの対象になるはずです。和の文化を学ぶことは生活にも仕事のうえでも好影響を及ぼします。スマホの画面よりも生の伝統話芸に触れることをおすすめします。

本書のCDの玉川太福の弾力ある滑らかな声を何度もお聞きください。多くの浪曲家は寄席でマイクを使いますが太福は使いません。地声の強さを誇ります。太福は歌舞伎にも通じていて、さまざまな人生経験が高座に結実しています。『外郎売』の口調でも高く低く、堅く柔らかく自由自在に語って聞き手の心に働きかけます。

この『外郎売』CDが入り口となって、伝統話芸に興味を持っていただければ幸いです。伝統芸能の豊かな山脈は皆さんをいつでもお待ちしています。

二〇一七年夏

長田　衛

参考文献

❖書籍

『市川團十郎代々』服部幸雄、講談社
『歌舞伎名作事典』金沢康隆　青蛙房
『歌舞伎十八番』戸板康二　中央公論社
『香具師口上集』室町京之介　創拓社
『図説　日本の古典20　歌舞伎十八番』集英社
『外郎売』齋藤孝・編　ほるぷ出版

❖インターネット

『みんなの知識　ちょっと便利帳　外郎売』
『歌舞伎見物のお供』

長田 衛（おさだ・まもる） 演芸研究家

一九五二年（昭和二十七年）、宮城県塩竈市生まれ。

仙台一高、早稲田大学第一文学部卒業、平凡出版株式会社（現・マガジンハウス）入社。

雑誌『平凡』『週刊平凡』『平凡パンチ』『クロワッサン』などの編集部を歴任。

二〇一三年、定年退職。

著書に、浪曲（浪花節）の復活を願う『浪曲定席　木馬亭よ、永遠なれ　芸豪烈伝＋浪曲日記』（創英社／三省堂書店。自費出版）、『大研究　落語と講談の図解』（国土社）など。新聞に演芸記事を寄稿。

趣味は素人落語を演じること。

玉川 太福（たまがわ・だいふく） 浪曲師

一九七九年（昭和五十四年）、新潟県新潟市生まれ。

千葉大学卒業後、放送作家事務所「オフィスぼくら」在籍。

その後、コントユニットを結成し、作・演出・出演をつとめる。

二〇〇七年、二代目玉川福太郎に入門。二〇一三年、名披露目（なびろめ）。

現在、（一社）日本浪曲協会・理事。

「天保水滸伝」をはじめとした古典演目と、〝ごく日常的な〟風景を描いた自作の新作浪曲、その両方に精力的に取り組む。

二〇一五年「第一回渋谷らくご創作大賞」受賞。

DVD『新世紀浪曲大全　玉川太福』（クエスト）、CD『南方熊楠伝（作・行田憲司）』（誠文社・岡本企画）。

にいがた観光特使。

〔編集部より〕
・本書の人名には
　敬称を略させていただきました。
・本書のデータは
　二〇一七年六月現在のものです。

Special Thanks to
松戸 誠
蛙の会
マツダ映画社

やる気が出る
外郎売《ういろううり》CDブック

二〇一七年(平成二十九年)七月十八日　初版第一刷発行

解　説　長田 衛
口　演　玉川 太福
発行者　伊藤 滋
発行所　株式会社自由国民社
　東京都豊島区高田三―一〇―一一
　〒一七一―〇〇三三
　http://www.jiyu.co.jp/
　振替〇〇一〇〇―六―一八九〇〇九
　電話〇三―六二三三―〇七八一（代表）
装　画　さわたり しげお
造　本　JK
印刷所　株式会社光邦
製本所　新風製本株式会社